탈후반기 동인 제31집

꿈꾸는 세탁소

김경린 문효치 민용태 권희경 김영자 박일중
박향숙 이계설 이명우 이서연 이은숙 이행자

청어

꿈꾸는 세탁소 ● 탈후반기 동인 제31집

탈후반기 동인 지음

발 행 처 · 도서출판 **청어**
발 행 인 · 이영철
영　　업 · 이동호
홍　　보 · 천성래
기　　획 · 남기환
편　　집 · 방세화
디 자 인 · 이수빈 | 김영은
제작이사 · 공병한
인　　쇄 · 두리터

등　　록 · 1999년 5월 3일
(제321-3210000251001999000063호)

1판 1쇄 발행 · 2022년 11월 30일

주소 · 서울특별시 서초구 남부순환로 364길 8-15 동일빌딩 2층
대표전화 · 02-586-0477
팩시밀리 · 0303-0942-0478

홈페이지 · www.chungeobook.com
E-mail · ppi20@hanmail.net
ISBN · 979-11-6855-094-0(03810)

탈후반기 동인 제31집

꿈꾸는 세탁소

◆ 회장 인사말

이른 추석 명절을 지난지도 한참 되었는데
한여름 같은 더위가 목을 타고 흘러내리더니
오늘 새벽녘 조금은 먼
여행길에 오른듯하다

탈후반기 동인 제31집 원고를 정리하며
지난여름 경남 진주 초전동의 산책길에서
박일중 시인의 전화를 받고

해마다 겪는 짜릿한 고통에
다시금 용기와 기쁨을 맛보았던
그 순간을 떠올려본다

타인의 고민을 어떻게 알아차리고
먼저 사랑과 배려의 전파를 보내는 것인가
외로운 시인에게 동인이란 참으로 소중한 것이구나!
다시 감사하며 고개를 숙인다

우리의 스승이신 故 김경린 시인께서

신시학회 세미나를 개최할 때면
언제나 詩作도 활발하게 하며 탈후반기 출판기념회에도
늘 참석하시는 이명우 시인이 이번 문집부터
우리와 합류해주셔서 더욱 고맙고 감사할 따름이다
올해가 가기 전에 크게 담소하며 포옹할 날 기다리며
문효치, 민용태, 이길원 고문님들과
그리고 탈후반기 동인들의
건강과 문운을 기원하면서

2022년 9월 어느 날
영등포에서
탈후반기 동인회장 이행자

◆ 차례

김경린

— 기다림 때문에

- 1918년 함경북도 종성 출생
- 1938년 경성전기공업 졸업
- 1939년 〈조선일보〉에 시 「차창(車窓)」 외 2편으로 등단
- 1939년 〈맥(脈)〉 동인
- 1941년 와세다 대학 고공토목과
- 1941년 일본 모더니즘 〈VOU〉 동인으로 활동
- 1948년 〈신시론〉 동인 구성(김경린, 박인환, 김경희, 김병욱, 임호권 5인 참여) 『新詩論』 제1집 발간
- 1949년 『새로운 都市와 市民들의 合唱』 신시론 제2집 발간 (김경린, 임호권, 박인환, 김수영, 양병식 5인 참여)
- 1950년 〈후반기〉 동인(김경린, 박인환, 조향, 김차영, 이봉래, 김규동)
- 1955년 모더니즘 창시자 Ezra Pound 추천으로 〈미국현대 시인협회〉 가입
- 1957년 〈DIAL〉 동인 창립, 사화집 『현대의 온도』 발간(김경린, 박태진, 김차영, 김원태, 이철범, 김호, 이환, 이영일, 김정옥 참여)
  『平和에의 証言』 발간(김경린, 김수영, 임진수, 이상노, 김춘수, 이인석, 김종문, 김규동, 이흥우 9인 참여)

- 1957년 김경린, 조지훈, 박목월, 박두진, 박남수와 한국시인
          협회 창립, 한국시인협회 초대 사업간사 역임(회장
          없이 간사제도로 출발)
- 1986년 한국신시학회 초대회장 선임
- 2006년 작고(3월 30일)
- 2012년 서울 종로구 삼청공원에 김경린 詩碑 건립

- 저서
시집 『태양이 직각으로 떨어지는 서울』(1985), 『서울은 야생마
처럼』(1987), 『그 내일에도 당신은 서울의 불새』(1988), 『화요
일이면 뜨거워지는 그 사람』(1994), 유고시집 『흐르는 혈맥과
도 같이』(2018)
에세이 『포스트모더니즘과 그 주변 이야기』(1994)
- 수상
제3회 상화시인상 수상(1988)
한국예술평론가협의회 최우수 예술가 선정(1994)

기다림 때문에

기다림 때문에
지하철 승강구의 72계단을
단숨에 뛰어올라 보아도
장미꽃을 한아름 안고 기다린다던
그 사람은 없고

오직
카드를 담보로
일수놀이를 바라는 사람들의 행렬이
앞을 가로막을 뿐
태양은 뜨거운 미립자를 뿌리며
모자이크 보도에 열을 가하기만 한다

우리 모두
1000개의 학을 접으며
사랑을 호소하는 소녀처럼
하루를 1000년처럼
기다림 속에 살아온 나날들

유년 시절에는
하루 속히 어른이 되기를
어른이 된 날부터는
친우보다
더욱 아름다운 사람과의 사랑을
더욱 더
풍요로움을 갈망하며
많은 공간을 누벼왔음을 숨기지 못한다

이제
에고이즘과 나르시즘이
거리를 가득 메우는 이 때
기다림은 어디에도 숨어 있는 것이라면
나는
오늘도 기다림 때문에
지하철 승강구의 72계단을 뛰어오르는 것이다

문
효
치

— 동백꽃
— 黑梅論

- 1966년 한국일보, 서울신문 신춘문예당선
- 시집 『무령왕의 나무새』, 『바위가라사대』 등 15권
- 정지용 문학상, 한국시인협회상, 이설주 문학상 수상(21년) 등
  수상
- 前 국제PEN 한국본부 이사장
- 前 한국문인협회 이사장
- 현재 계간 『미네르바』 대표
- 이메일: minerva21@hanmail.net

동백꽃

누구를 위해
이 가지 끝에 매달려 있어야만 하는가

누구를 향해
이 한자리에서 웃고 있어야만 하는가

하늘이 저렇게 넓고 푸르러
날고 싶은데, 어딘가로 떠나고 싶은데

처마 밑에 매달려 있는 풍경은
마음대로 울기나 하지
나는 울고 싶어도 요렇게 웃어야만 하는가

마침내 웃을 힘마저 사그러지면
함묵으로 그냥 떨어져야 할 뿐
떨어져서도 웃는 척하고 있어야 할 뿐

黑梅論

각황전 앞 흑매가 왔다
아무리 보아도 내 눈엔 붉기만 한데
사람들은 거리낌없이 흑매라 한다
오호라, 색깔이 진하면 黑이라 하는구나
한동안 잊었던 흑장미도 생각난다

평생을 일구어 쓴 내 시
깜냥에 피워낸 꽃이라 생각했는데
그 꽃의 濃淡은 어디쯤 이르렀을까
맹물이 얼마나 섞여 있을까

잉크에 물을 섞어 글을 쓴다며 文士들을 꾸중한
괴테를 생각하며
고개 떨구고 화엄사를 내려온다

민
용
태

— 수초낚시
— 가을 시

- 1968년 겨울 『창작과 비평』 등단
- 1969년 "MACHADO 시문학상"으로 스페인 시인 등단
- 1975년 서반아 마드리드 대 스페인 국가 문학박사
- 고려대 명예교수. 스페인 왕립 한림원 종신회원
- 2002년 한국시문학상 수상
- 2016년 영랑문학상 대상 수상
- 2016년 Mihai Eminescu 세계 시인상 수상
- 이메일: yongtaemin@hanmail.net

수초낚시

이른 봄은 수초낚시가 최고
마른 갈대 사이에 숨어 수초에 낚시를 던진다
갈대에서 갈대로 가는 갈대
수초는 물에 머리를 풀고 눕는다
갈대가 바람결에 눕듯이
수초에게는 바람도 물도 하나다
입도 물도 하나다
물결에 흔들리는 가는 몸들
어느 것이 물, 어느 것이 풀?
찌가 올라온다 찌가 내려간다
재빠른 챔질! 잡았다!
잡는 기쁨 놓아주는 행복
하늘 물에 삶도 죽음도 하나다

가을 시

가을 시를 쓰는
내 손가락을 본다. 마른 가지 손가락이
컴퓨터를 맡고, 나는 그저 나무 위에
올라앉은 가을. 서글프리만큼 고운
초승달을 본다, 그믐달
닮은 초승달은
현기증 나게 아름다운
소녀의 속눈썹

내 시는 다 잃고 우는, 웃는
산골짜기 물소리

권희경

- 홍익대학교 대학원 최고위미술과정
- 서울대학교 행정대학원 정책과정
- 한국문학 등단
- 서정주 시인학교 수료
- 숨 동인, 동률 동인, 해바라기 동인
- 교육부 평생학습 대상 특별상 수상
- 3백만불 수출탑 수상
- 현 태양기업 대표
- 이메일: kpma7@naver.com

리본

한 마리의 파아란 나비가
길을 헤매다가
검은 꽃가루에 미끄러진다

날개깃에 자유를 가다듬고
창공에 솟아 난초 가지를 휘감으며
열린 가슴을 마구 들이킨다

소녀의 눈가에
흰 빛이 파도를 탄다

봄바람

바람이 분다
높은 곳
낮은 곳
올라가며 내려가며

씨앗을 뿌리는
농부의 손끝에도
바람은 분다

땅거미 속에서
빛 소리 두들겨
바람은 분다

앞동산의 솔방울
흰 수염 휘날리며
네 심장 깊은 곳으로
바람은 분다

동, 서, 남, 북
물고 물어
흰 구름 위로 청 구름 아래
휘몰아친다

봄비

한 겨울 내내
여행을 다녀와서
어찌 그리 심술이 생겼느냐

긴 잠을 자는 이들
꿈 투정을 들으며 고개를 설레는구나

산천초목 손들고
숨찬 깨어남

하늘과 땅
생명의 메시지
시초 기적이 되고

얼마나 많은 돌들
물결 따라 꿈의 집 짓고

여울의 음표

누구를 기다리는 목줄기 드레스길래

눈물을 땀비를 기꺼이 하며

긴 겨울

모질게도 참았겠느냐

정신병원

오늘
오월의 공간을 가로 지른
푸른 내음 속 살갗
하얀 병원 하얀 얼굴들

빈 터에 걸린 안경
사이의 틈을 넘어
허공 헛디디며
흰 구름 몰아친다

잠자는 아이들 웃음소리
도시 뒷골목 어둠의 머릿결
산발한 무색의 기억인데

밤 낮
심장에 두 방망이 소리
가슴 속 막장에서 휘둘려 찢기는
원색의 빛

새벽 바다

숨소리마저 눈을 감고 하늘과 바다 한 몸이 되어

쌓이는 눈물, 토하는 뇌성

그대 모습 이제 잠들고

이별

망각
하나의 유성이 함성을 지른다.
그림자가 대형을 잇고 줄을 잇는다

뿌리를 타고 흔드는
나래 소리
꽃 눈물 흐르는 소리 잔잔하다

하얀 눈물
향기 속에 묻혀
감빛 되어 산화한다

김영자

- 고려대학교 대학원 문학예술학과 졸업
- 한국문인협회 회원
- 경기시인협회 이사
- 경기도 문학상 본상(詩부문) 수상(2001년)
- 경기시인상(2015년) 평택문학상(2016년) 고대문우상(2017년)
- 시집 『문은 조금 열려 있다』 『아름다움과 화해를 하다』 『푸른 잎에 상처를 내다』
- 경기도 평택시 세교6로 45, 207동404호(힐스테이트평택2차)

포구

우두커니 앉은 포구
틈새를 풀어낸다
만선 깃발 소리치며
뛰어들 것 같은 당신은
어깨를 시큰거리며
혼자서 분주하다

환각 같은 젊음은
무릎사이로 실종되고
날개의 몸짓은
물결에 붉게 번질 때
새벽을 가득 담아서
좌판을 펼친다

댓바람 얼굴에
분칠한번 못한 채
오랫동안 길러낸
밀물진 어머니
검붉은 아가미에서
울컥거리며 쏟아진다

꿈꾸는 세탁소

얼룩들은 구석을 찾아서 모여 든다
깊이를 알지 못하는 구멍도 슬쩍 끼어들고 있다
공중에 매달린 걸음들이 절룩거린다
낯부끄러운 표정들은 어깨 뽕을 유지하려고
목을 가누지 못하고 있다
유난히 구겨진 얼굴은 강한 스팀을 넣어둔다
어스름에 바짓단만 갉아먹는 아버지
자식에게 힘찬 다리가 되어 줄 수 없다
세우려 해도 등뼈는 풀이 죽어 있다
만년 부장 밑에서 유효기간 이년짜리
재계약서가 주머니에서 보풀로 일고 있다
진흙투성이가 되어 터지던 핏줄들이
빨래 통에 옹기종기 모여 든다
목둘레에 날 선 핏대들을 문질러 주며
물기 많은 몸들을 뒤집어서 탈수 한다
주눅 든 어깨들은 생기를 분사 한다
두꺼운 그늘에 가려진 채 옥신각신하는
가족들을 꺼내어 햇볕으로 불려준다
비틀거리던 다리들을 꼿꼿이 세우며

내일의 주름은 지우고 다려준다
단추와 구멍이 서로를 보듬어
칸칸이 반짝이고 있다
뽀송한 매무새들이 당당하게 걸어 나온다

대장장이 여자

오늘도 고열 속에 편두통으로 온 그대
들끓는 신열에 찬물을 뿜어대는 입술
퍼렇게 질린 가슴을 담금질 한다
온종일 구부리고 휘어지도록 연마 한다
그대의 심장은 무디어진 채
붉은 꿈을 단숨에 자르는 비수의 칼날이 된다
푸른빛을 내뿜는 한때 청춘시절
이질적인 광물질을 가지고도
용광로에서 달콤함으로 녹아
부드러운 능선으로 서로에게 스며들었다
어딜 가도 마법 같은 숨결로 만개한 시간은
한순간 관능의 덫에 걸린 불꽃인가
지금 낯선 등판을 치대고 있다
시도 때도 없이 날선 신경을 쥐어짜며
그대는 성난 불길로
나는 뜨거운 쇳물로 치솟고 있다
온몸으로 독물이 흐른다
통증의 파열음이 복받쳐 올라
모나고 찌그러진 날을 누르고 두들겨 댄다

사방으로 불꽃이 튀고 있다
간혹 어깨 죽지를 툭툭거리는
계면쩍은 화해의 불길은 위로가 되지 못한다
꽃잎의 입술은 한쪽 구석에서 숨죽이고 있다
하루 종일 쇠꼬챙이 같은 콧수염을 실룩이는 그대
소름이 돋는 무심하고 환멸을 가진 심장을
모두 화덕에 던져서 불에 달구어 벼리기를 한다
시퍼런 칼날을 세워 단단해지는 시간을 기다리며
여자는 몸살을 털고 있는 중이다

제빙기

한번쯤
그 여자 음성 차갑게 갇힌다
표정 없는 얼굴이
견고하게 쏟아지고
시선이 내리꽂히면 온몸에 오한이 난다

문을 열면
냉가슴에 손사래 치고 있다
돌고 도는 투명한 삶
쾅한 숨소리 뒤채일 때
묵묵한 눈물방울은 콧등을 비집고 있다

맨발로
뛰쳐나가 떠돌고 있는 것일까
기웃거렸던 할인판매
체온마저 벼랑아래다
세상은 닿는 곳 마다 얼음벽을 만든다

꽃의 이유

앞만 본 하루 꽃이 없어 배송이 지연된다
도착해 주세요 빠른 속도로 더 빠르게
대궁은 열리지 않고
얼굴만 도착한다

꽃송이의 향기까지 스모그로 흡수한다
통째로 시든 줄기봉우리 오르지 못해
오늘도 볕 잘 든 곳에
꽃의 이름 걸어둔다

땅 밑의 오염수
여러 갈래로 스며들고
생기 없는 무늬가 거친 숨소리 밟을 때
툭 터진 종이박스에서
마른 꽃이 쏟아진다

박일중

— 어느 영화제목처럼
— 마른장마같이
— 꿈꾸는 바닥이다
— 젖은 낙엽이 되겠다고
— 일기

• 자유여행가
• 한국문인협회, 국제PEN한국본부 회원
• 시집 『섬 그리고 섬』 『빵이 되고 싶다』
• 이메일: ijp88@naver.com

어느 영화제목처럼

텅 빈 가게의 유리창처럼
행인들의 가슴에도 임대문의가 늘었습니다
'지금은 맞고 그때는 틀리다'는
어느 영화제목처럼
또 한해를 넘기며
거리두기가 사람을 더 보고프게 합니다

만나지 않으면 마음이 멀어진다는 어제와
만나지 않아야 마음이 가벼워지는 지금,
당신과 나의 관계마저 막은 혈전은
언제쯤 제거될는지
묻고 싶은 오늘입니다

지구 표층에 붙어 변이를 거듭하는 바이러스는
어디까지 진화할지 알 수 없어
모로코행 비행기도 멈추고
겨울로 가는 바람만 찬날개를 달고 비상합니다

마스크 없이 거칠었던 자유가
백신에 백신을 맞고도 불안해
권력의 저렴한 입에 또 귀를 기울이는 하루는
당신과 나의 만남이 없어야 마치 맞는 것처럼
내 기억에서 소멸되어가는 당신의 체취보다
어쩌면 좁은 공간에서 반도체 소리를 들으며
홀로 공부하고 노는 아이들이
또래의 체취마저 영영 잃는 것은 아닌지
걱정이 먼저 앞서기도 합니다

그러나 세상의 반대편에는
오늘도 기차게 몰아붙이는 언택트와 AI의 목소리는 커져
가는데
청년들의 푸른 숨소리는 낮아지다가 꺼질까봐
염려되지만
지구의 밑바닥은 항상 따뜻한 온수와 열기로 가득하다는
그 진리만은 믿으려 합니다

비틀거리고 달려오는 인적 없는 여기 산골버스정류장에
장년의 홀로마스크가 서있습니다
불확실한 거리에서는 누구나 예외 없이 스피커에
눈과 귀를 붙여야 한다고 배운 탓일까요
권력은 무엇을 가르치고 무엇을 남겼는지

가끔씩 머리를 만지며 간절하게
자신을 긴장시켜 봅니다

항상 지금이 맞습니다.
항상 지금이 맞습니까?

그냥 당신의 체취가 그리운 내일입니다

(『문학과의식』 겨울 125호 원고,
한국문화예술위원회 코로나19 예술기록물)

마른장마같이
-선거 유세기간 2022년 5월

빗줄기가 거세네
빗소리도 거세고
그래도 확성기 고집이 더 거세지만
오전 7시, 로터리에는 짜릿한 재생 음질과
조화*로운 율동으로
헛것이 눈에 감기네
마른장마야 마른장마
홀로 산으로 가네

숲에 사는 입들은 모두 외국어를 하네
알 수 없는 물컹한 외국어를
어미가슴처럼 하네
숲은 언제나 살아 있는 것들만 하네
명창이라 뽐내지 않으면서

선거철엔 볼륨 센 놈이 이긴다고
확성기마다 부푼 꿈을 크게 벌리네
황사같이 몰려든 유니폼들의 깍듯한 인사가
갑자기 친절해서 불편하네

달콤한 모국어에 지치네

내 혼을 달라는 손짓인지
아니면, 도깨비방망이라도 주려는지
마른장마같이
100% 순금 청사진을 들고 모국어를 하네

비는 오지 않고
빗소리는 점점 거세네

(『순수문학』 통권 347호, 2022년 9월호)

*造花

꿈꾸는 바닥이다

물은 차고
불은 뜨겁고
맨살로 만나면 둘 다 죽는다

얼굴을 담을 용기(容器)도 없이
성질대로 급하게 부딪히면
순간, 우린 이별이다

한 걸음씩 물러서는 배려와
한 눈금씩 올라가는 열기가
물에게도 불에게도 사랑이다

너는 냉정하라고
나는 식지 말라고
용기 바닥에 서로 비비다 보면
가슴이 뜨거워 사랑이다

밀당이 반쯤 되면 내 안에 빚을 빛으로
반올림하면 된다
백세시대에 오십은
꿈이 살고 있는 바닥이다

차갑게 살아온 어제를 지나
가볍게 날고 싶은 오십은
꿈꾸는 바닥이다

(사학연금공단 50주년 기념 '50'을 주제로 공모전 출품)

젖은 낙엽이 되겠다고

나무에 붙어 흔들릴 땐
미처 모릅니다
마르고 중심 잃은 것들을 몰고 다니는 바람
골목 앞에서 미소 짓는데,
노숙자가 꿈꾸는 골목 끝은
헛배 찬 비닐봉지들이 떠 있는
막다른 내일입니다
바람이 지난 후에도 한참을 웅성이던
낙엽 사이로
나비 한 마리 유유히 날아갑니다
세차게 불 때는 잠시 몸을 피했다 가는
나풀거리는 나비에게
마르지 않는 길을 배웁니다
차라리 버티는 젖은 낙엽이 되겠다고
배웁니다

부는 대로 굴러가면
머지않아
겨울이 옵니다

(2022.07.22.)

일기

떠날 때는 가슴만 남습니다
웅크린 것만 남습니다
무엇이 사는 데 중요했는지
떠날 때는 가슴에 남습니다

인연도 그랬습니다
만남과 헤어짐, 둘은 연인입니다
보고 싶은 것만 봤습니다
작은 목소리라도 사랑한다고 전해야
했습니다
보고 싶다고 한 줄이라도
건네야 했습니다
이별도 준비해야 했는데 두렵기만 했습니다

사랑한 것만
웅크린 건 아니었습니다

박향숙

- 한국시각장애인문학회 회장 역임
- 곰두리문학상 동화 수상
- 月刊 순수문학으로 등단
- 순수문학상 詩 부문 우수상 수상
- 시집 『물빛새』
- 현재 독서교실 강사
- 이메일: nowl0816@naver.com

고해

밀서를 개봉한다

가시로 쓴 글자다

욕심으로 등 돌린

고슴도치가 된 가족

찌름은 찔림의 연속

가시 옷을 벗은 오늘

용서의 자리에 숙면이 깃든다

대신 쓰는 사표

아침보다 먼저 일어나는
샤워기는
수백 수천의 초침이 되어
출근을 재촉한다

지금쯤
아들은 동부간선도로를
달리고 있겠지

대기업에 입사했다며 웃은 건 잠시
매일매일
졸음이 채 가시지 않은 얼굴로
아들이 사라진 유리창에
대신 사표를 쓴다

(압력솥 같은 상사의 입에 지퍼를 채워줄까)

온 종일 열 받는 컴퓨터도
6시면 퇴근인데

아파트 불빛이 스러질 무렵

시한폭탄이 된 스트레스와

피로를

씻지도 못한 채

잠이 든 아들

대신 나는 오늘 밤도 또 사표를 쓴다

용유도 앞바다

태양의 체온으로 몸을 덥힌
용유도 앞바다가
치마를 걷어 올린다

물옷 벗은 개펄을 걷는다
물오른 속살을 밟을 때마다
번지는 오르가즘

잊었던 발자국이 따라온다
함께 잡아 올리던
싱싱한 꿈은
가시만 박아 놓은 채
손금 사이로 사라지고

뻘처럼 무너져 내린 시간이
바람결에 마르는 동안

다시
단단해진 걸음으로
그물을 친다

그대는 누구

파란 불꽃 위에 올라 앉아
가쁜 숨 뿜어내며
속을 끓이면서도
다시 또 오르기 위해
정갈하게 몸을 씻고
엎드려 기다린다

벗겨진 상처에
소금을 뿌리고
고춧물이 스며도
비명은커녕 미동조차 없다가도

식탁에 솟아나는 웃음소리엔
반짝 미소를 발하며
통째로 속을 내주는
그대는 누구?

별

혼불이 오른다
새 별이 된다

눈을 뜨고 갔으니
잠들지 못하고
온몸이 불이 되어
한 점 그리움을 찾고 있겠지

창 닫지 못하고
불 끄지 못하는 밤
이렇게
손 흔들면 찾아오려나

이
계
설

- 〈시와의식〉 등단
- 한국문인협회 이사, 국제PEN 한국본부 이사
- 제5차 동북아 기독교 문인회 세미나에서 한국 측 생존자 시인 대표 선정(1995)
- 탈후반기 동인 초대회장
- 제3회 영랑문학상 본상
- 제12회 한국문협 작가상 수상
- 시집 『한반도를 적시는 고구려의 숨결』 『서서 꿈꾸는 자』 『그녀를 소각한다』 『습기를 말리며』 『가면놀이』 『가시고기』 외 공저 다수
- 이메일: lkss10266@naver.com

대선 그 후

찬바람 속
알몸으로 관통한 세월의 줄기에
초록 잎새가 돋았다

비로소 하늘이 보이고

더운 날 처음 빗방울 사이로
살짝 풍기는 훈기처럼
안도감이 하루를 채운다

꽈리처럼 오므라들었던 일상이
다시 기를 펴고
오랜 친구를 불러
소주라도 한 잔 하고 싶은 오늘
유난히 햇살이 정겹다

아직도
여기저기 어둠을 먹고 자란 잡초들 섞여 있지만
쟁기로 갈아내면 그뿐

한결 가벼워진 마음에
세상을 담는다

어둠이 걷히다

그들이 쓴 때 묻은 모자 위
하늘은 비어 있었지
몇 년 내내
실오라기 같은 빛조차 볼 수 없었지
눈을 뜨면 사라지는 꿈처럼
희망의 싹도 찾을 수가 없었지

"균등" "공정" "정의"를
주렁주렁 달고 다니던 그들이었지
그냥 거품일 뿐이었지

어느 날
비어 있는 가슴에 한 가닥 빛이 스며들었지
모두가 엎드려 있을 때
단 한 사람
균등과 공정과 정의로 포장한 위선자들에게
횃불을 휘두르고 있었지
먹구름 사이로 햇살이 삐져나오듯
견고한 둑에 작은 물줄기가 터져 나오기 시작하였지

빛은 그렇게 시작되었지
마침내 위선의 사슬은 끊어졌지
그날 눈물이 쏟아졌지
기쁨의 순수함이었지

이제
지력을 되찾은 대지에 다시 맥박이 뛰고
부드러운 흙을 밟는 발등마다
희망의 싹이 돋아나왔지

굵게 뿌리가 내리길 바랄 뿐이지

5월의 시

상서로운 기운을 흠뻑 머금은 무지개가
하늘을 채색한다

비로소 숨통이 트이고

향기로운 꽃잎이 날리는 새날이
5월의 품에서 깨어나는
아침
모래 위에 쓴 시처럼 지워진 날들이
왜 자꾸만 떠오르는 것일까

미친 촛불이 떼 지어 쓸고 간 자리에
독버섯이 자라고
더러는 그 빛깔에 속아 내상을 입기도 하였지

하늘은 오그라들고
낮에도 어둠이 내렸지

방금
책갈피를 넘기듯
돌아보고 싶지 않은 날들이 거짓처럼 사라지고
푸른 잎새 같은 싱싱한 날이
줄지어 다가오는 오늘

상서로운 기운에 하늘이 충전되듯
우리도 다시 발끝에 힘주어
내일의 발짝을 심는다

어떤 사진

몇 년 만에 목을 내민 사진에
눈을 뜬 한반도가
불에 덴 듯 화들짝 일어서고 있다

"귀순 의사가 전혀 없어서 북으로 되돌려 보냈다"

적당히 식은 커피처럼 세상이 만만히 보였을
당시
당국자들의 검은 속이 훤히 드러나는 순간이다

금 하나만 밟으면
고문 도구가 기다리는 곳을
등을 떠밀어 내쳐버린 인권변호사 나으리
옥새를 반납한 지금도
편히 안락의자를 흔들 수 있을까

왜 5년 내내
철조망 너머의 눈치만 살피고
기름진 우리 땅에는 잡초만 무성하게 방치해 두었을까

한 무리 오염된 패거리만 챙겨온 불온한 자가
이 땅을 멍들게 하고
프로파간다의 낡은 헝겊으로
국민들 눈을 가려
잠의 수렁에 빠지게 하였지

오랏줄에 묶여
판문점에 거칠게 세워진 두 명의 어부
푸줏간에 내걸린 고기 두 덩이

그들의 울부짖음만 끈적이게 바닥에 새겨져 있다

폐지처분

꿈에서나 활개 치는 언어들이
풀이 죽어 있다

"생전에 시집은 안 팔리게 돼 있다. 그러기에 별도의 직
업이 필요한 거다.
사후 3편의 기억되는 작품만 남기면 성공한 거다."

문득
스승님의 따끔한 한마디가
멱살을 잡지만
조금은 위로가 될까

온갖 미디어가 거품을 물고
세상을 장악하는 오늘
당신의 한 줌 온기는 어디서 찾을 수 있습니까

매일 불안한 걸음을 지탱하는
노파의 지팡이처럼
희미하게 빛을 내는 내 생애의 언어지만

교환가치도 없는 이것들을

소각하기 위해

조용히 가슴에 성냥을 긋는다

이
명
우

• 경기광주문인협회 고문
• 한국시인연대 부회장
• 전 경기도문인협회 부회장 역임
• 저서 19권 상재

산골풍경 1,354

아내야
이리 나와 봐

세상에나
글쎄
앵두나무에
수많은 눈동자들이
조롱조롱 열려있어요

이것은 손자 눈동자
저것은 딸아이 눈동자
그리고 또
앞집 아기 눈동자
뒷집 아기 눈동자들

그런데
철이 지났나 봐
당신 눈동자는 없고
내 눈동자도 없네

산골풍경 1,355

불어오는 봄바람에
노래가 흘러나와요

연분홍 박자에
함박꽃 음성

불어오는 봄바람에
노래가 흘러나와요

봄바람에
흘러나오는 저 노래는

봄바람만 알고 있는
나의 비밀입니다

산골풍경 1,356

그리움을 실로 뽑아
기둥에 걸어놓고
엄지에 힘을 실어 퉁겨본다

노래가 튀어나올 줄 알았는데
어머나
이런

거기에서
당신이 나비처럼
날아 나올 줄이야

산골풍경 1,357

어젯밤
보름달 속에서는
어머님이 웃고 계셨는데

오늘 밤
무지개 속에서는
아버님이 웃고 계시네요

산골풍경 1,358

앞마당에 나와 앉아
밤하늘 별을 본다

금방이라도 우수수
쏟아질 것만 같아
쏟아지기 전에
보자기를 펴놓고
쳐다보다가
나도 몰래 잠들었었나 봐

눈을 떠보니
아침 해가 웃고 있네

이
서
연

- 문학박사
- 중등교사 및 대학강사
- 한국크리스천문학으로 등단
- 한국크리스천문학, 탈후반기, 동작문인협회, 큰숲문학회, 문
  예사조 회원
- 이메일: ruaths2009@daum.net

제부도 바닷길 2

하루에 두 번
옷을 벗는다

진흙으로 빚어진 알몸
숨겨져 있던 은밀한 생명의 펄떡거림

시간은 풍차를 바쁘게 돌리고
발걸음을 재촉하는 사이
파헤쳐진 비밀의 문 서서히 닫힌다

남빛 치맛자락
드러난 속살을 다시 덮고
뭍과 섬의 연결고리를 끊는다

기다림은 그리움으로 이어진다
또다시 소통의 길이 열리기를
너와 나의

불청객

예쁜 왕관 모양의 너
현미경으로 보면 그렇게도 예쁜 미녀라지
여럿 저승으로 데려가고
여럿 후유증으로 시달리고
그럼에도 오래 견디다 보니 점점 무디어 가고
이젠 같이 살아야 한다니
벽 한쪽에 걸려있던
익숙해진 추상화처럼 눈길 끌지 못하네

코비드 변종 출현
치사율 낮아졌다는 말에
여러 나라 감기처럼 취급 뉴스

느닷없이 불청객 찾아들다
어디서 왔을까 아무리 생각해도 모르겠는걸
벽에 걸려있던 오래된 추상화
30, 40, 41도 자동 측정
열 못 이긴 입 안 입술 터져
뭘 먹어도 까끌까끌 얼얼

인후통 근육통 흉통 두통 기침
대장간 풀무통에서 막 끄집어낸 잘 벼린 칼 도끼로
마구 찌르고 베어내는 고문 형장

저승과 이승의 문턱은 하나
이쁜 여의사 처방약
한입에 털어 넣고 꿀꺽
일곱 알 중 세 알이 진통제
차츰 제정신 돌아오고 일주일 만에 정복

눈에도 보이지 않는
작디작은 고놈
차암 무섭네

걷는 비둘기

길들여진다는 건
나를 잃는다는 것

저절로 얻어지는
먹이의 달콤함

이젠
나는 법조차 잊었나 보다

모래성

적이 쳐들어온다
성을 사수하라
아이들이 위험하다
일곱 살 꼬마 성주의 다급한 외침

성을 견고히 해야 합니다
방어막을 쌓을까요
할머니는 바쁘다
제1 제2 제3 방어막 진지 구축

몰려오는 파도
방어막과 모래성 한꺼번에 쓸어가 버린다

두 손 놓고 주저앉아
망연히 바라보는 바다
헐~
허얼~

장맛비

캄캄해진 포화 속
별들의 전쟁

화성에선 불폭탄
우르릉 쿵쾅 쿵쾅 번쩍 번쩍
수성에선 물폭탄
두득드득… 좔좔

순식간에 쏟아져 내린 파편 조각들
서울 한복판 강남은 아수라장
아우성 아우성

하늘은 구경만 했는데
옴팡 뒤집어쓴
원망성

이지러진 달조차 쓸려가 흔적이 없네

이
은
숙

• 서울 숙명여대대학원 국문학과 졸
• 前) 고교국어교사
• 순수문학 신인상 수상(2013)
• 시집 『내 안에 빛이 있다』
• 現) 장애인인식개선 교육강사
• 이메일: wooarmo533@naver.com

가을 덩시렁

허수아비가
가을 햇살 아래 한껏
어깨 들썩이며 너울춤을 춘다

어느 아비의
자랑처럼
해돋이에서 해넘이까지
지칠 줄 모르는 춤사위다

연푸른 시간을 황금색으로 구워낸
그 아비의
땀과 눈물이 고슬고슬하게 익어가는 들판

허수아비의 어깨춤에
날아올랐다가 겁 없이 되돌아오는
참새 날갯죽지에도
고소한 나락 냄새가 푸드득 거린다

리필 되는 시간

습관적으로 마시는 하루 또 하루
포인트 점수처럼 쌓아졌을 법한 시간의 눈금들이
목구멍 안에서 표시 없이 녹는다

무슨 일이 있었고
어떻게 살았는지
향기에 섞여
그새 기억이 날 듯 말 듯한데
누군가에게 절절한 소원이었을 새날이
어제 비운 잔에 자동으로 부어진다

삼백육십오일
공짜로 퍼마셔도
질책 없이
시간은 리필 되고
또 리필이 되고

연가

문득, 향기처럼 온 설렘이야

떨림이 고이다 못해
눈감아야 만져지는 사람아

밤새워
선홍빛의 들풀로 쓴

사랑 초서가
차마 부끄러워 살라 버리고

그대의 손바닥에 얹는
새빨간 단풍 한 잎

내 더운 가슴이야

잃어버린 무지개

시집올 때 울엄마가 챙겨준
내 무지개는
만지기도 두려울 만치 찬란했어
엄마는 말줄임표로 이렇게 말했지

아롱다롱 살아야 할 텐데…
꼭 이 무지개처럼 살아야 할 텐데…

아내가 되고 며느리가 되고
울 엄마처럼 나도 엄마가 되었어
그런데 살림살이가 되게 바쁘고 힘들더라
문득 생각나서 찾았더니
손자국 땟자국에 곰팡이가 났지 뭐야

제일 향기 좋은 비누로
살살 빨아 말리고
색실을 꿴 바늘을 들었지만
뚫어진 구멍이 기워지지 않았어
다림질해 보아도 눈부시던 빛이
끝내 되살지 않았어

울엄마에게 떼를 썼어
또이쁜 무지개 달라고
엄마는 나보다 더 울상이 되어
말줄임표로 이렇게 말했어

하나밖에 없는 최고로 이쁜 무지개였는데…

팬터마임

오백 원 동전 한 개 쥐고
커피 자동판매기 앞에 섰다

투입구가 어디쯤 있을까

커피 한 잔의
행복이 열리는 문을 향해 더듬는
눈 먼 손가락 끝에서 낙엽 스치는 소리가
넓게 번지다가 닿은 그 좌표

땡그랑!

동전을 넣다가
헐거운 일상처럼 땅에 떨어져 사라지는
열지도 못한 행복의 문이 닫히는 소리
가슴이 듣고 얼어붙는다
또 있지 않을까

뒤져 보는 주머니마다
바스러진 행복이 풀풀 날리고
서성이다 돌아서는 등 뒤에서
누군가가 걸음을 멈추자마자

땡그랑!

즉시 행복의 문이 열리는 소리

참
쉽다

이행자

- 〈문예한국〉 등단, 개신 대학원 대학교 사회복지학 석사
- 영랑문학상 본상, 국제화에 앞서가는 시인상 수상
- 국제PEN 한국본부 이사
- 한국기독교문인협회 이사, 한국여성문학인회 이사
- 한국문인협회 회원, 한국순수문학인협회 부회장
- 시집 『지금은 AM 5:32』『해를 입은 여자』『사랑을 위하여』
  『집으로 가는 길』『이행자 국영문시선』『손대지 않은 돌』외
  공저 다수
- 이메일: poem2557@daum.net

부부 1
−아내를 보내며

천지에 목련은
나비처럼 휘날리고

환송하는 찬양소리
슬프지 않아도

약속된 공간에서
흰옷 입은 아내는
머리를 풀고

넓은 가슴에
사뿐히도 누웠는데

건장한 당신의 팔 내밀어
눈물로 보내는 마지막 키스

이제부터 영원까지

당신은 나의 것입니다

부부 2

당신은 언제나
머쓱하게 돌아서는 뒷모습
때로는
벽처럼 든든한 울타리였나요

바람처럼
밖으로만 불어댔지만

먹지도 자지도 못하는
함박눈 내리는
어느 새벽녘
현관 키를 누르며
들어선 당신

또 시간은 바람처럼 스치고
병든 몸을 감추며
거짓말처럼 돌아온 사람

이제야
진실로 뼈를 빻아

바람 부는 강가에서
따스한 맨손으로
당신을 띄웁니다

부부 3
-망막수술 전야의 노래

하늘이 용서하면
세상 빛을 보리이다

사명이 끝나면 떠나야한다지만

그 봄날
처음처럼 피어나는
그대 입술 진실이라면

나는 언제나 순결한
당신의 신부입니다

세파에 할퀸 자국
검은 올무에 허우적거릴 때

나의 치맛자락 길게 늘려
그 손잡아 올리리

이제 땅이 꺼진다 해도
푸른 하늘 길을 열어

통곡소리 그치고
망막전막 벗겨지면

시신경의 혈관이
끝없이 이어지는

그곳으로 떠나리오

부산 송도에서

오빠 따라 한여름을
걸어 다니던 송도 해수욕장

그때
아득하던 다이빙바
손 내밀면 닿을 듯
하얀 조형물로 떠있다

어머니 자궁처럼
아늑한 그곳에서

멀리 외항의 큰 배
가까이 작은 배도
그림처럼 멈추어선
새벽에는

해안도로 점점이
미끄러지는 택시들이
반갑다

거북섬을 이어주던 출렁다리
구름 같은 조명으로 깜박이고

케이블카는 빨강 파랑
장난감처럼 반짝인다

슬프도록 아름다운

띠동갑 내 동생이 운전하고 부산오빠들
뵈러 가는데

바른편 을숙도 공원
그 방대함에 놀란 가슴

괴정동 새릿골은
내 소녀의 슬픈 꿈이 서러워

장기려로에서
고인의 인술은 피어나고

2박 3일 승학로를
안 스친 적 없어도

35년 전부터
교회와 함께 하는
사하복지센터

생명은 무엇으로 피어나는가